KB231930

송홍만 제12시집

마냥 걷고 싶어

국립중앙도서관 출판시도서목록(CIP)

마냥 걷고 싶어 : 송홍만 제12시집 / 송홍만 지음. -- 서
울 : 한누리미디어, 2008
    p. :   cm

ISBN 978-89-7969-327-0 03810 : ₩ 7000

한국현대시〔韓國現代詩〕

811.6-KDC4
895.715-DDC21   CIP2008002920

송홍만 제12시집

마냥 걷고 싶어

한누리미디어

아팠던 무릎 그만하여 가고 싶은 산을 오르내리었고,
무거운 돋보기로도 침침했던 눈 수정같이 맑아져
밝게 보게 되었습니다.
더한 기쁨이 없습니다.

그래도, 하는 일 힘들어 휴업을 결단하였으나,
바로 일을 계속하게 되어 날아갈 듯 기쁩니다.

그 동안 써본 설익은 글을 조심스럽게 내어 놓습니다.
넓은 아량으로 읽어 주시면 제게 큰 용기를 주시여 감사하겠
습니다.

엮어주신 한누리미디어 김재엽 사장님께 감사드립니다.

2008. 8. 31

송 홍 만 올림

차례 송홍만 제12시집 **마냥 걷고 싶어**

송홍만 제12시집

마냥 걷고 싶어

기도하며 지키리라

이른 새벽 일어나 외치리라
나는 기쁘다
나는 즐겁다
나는 행복하다

잠자리에 눕기 전 외치리라.
나는 기뻤다고
나는 즐거웠다고
나는 행복했다고.

기도하며 지키리라
기도하며 따르리라
기도하며 살리라
기도하며 외치리라.

바라던 즐거움

산에서 비를 만나 대피소에 들어가니
한 이십여 명이 있다.

광교산 유래(光敎山由來), 한남정맥(漢南正脈),
떠 오르는 대로 이야기를 하니

처음 듣는다며 귀 기울려
비 맞은 눈동자 더욱 빛난다.

신명이 나서 시(詩) 몇 수를 낭송하니
박수소리 가득하다.

바라던 즐거움 이루어져
흐뭇하고 즐겁도다.

여명(黎明)

어둔 밤이 밝은 낮으로 이어지는
하나님의 놀라운 손길을 본다.

멀리서 닭들은 찬양(讚揚)하고
숲 속 새들은 기도(祈禱)한다.

산 모습 점점 완연해지고
하늘의 시원한 축복(祝福) 가득하도다.

하나님 이루려 하시는 그 깊은 뜻이
이렇게 이루어지는 엄숙(嚴肅)함이여

어둠 속 방황하는 우리에게
희망의 빛이로다.

소나무 한 그루

산 속 물소리와 애잔한 쓰르라미 노래가
어린 시절로 나래를 편다.

광교산 상여바위 옆 소나무 한 그루
그림자 내리고 날 기다린다.

더도 덜도 아닌 나 앉을 만한 자락
궂은 자리 치맛자락 밀어 날 앉히신 어머님

청산(靑山)이 가득하고 구름 넘쳐 흐르며
사이사이 맑은 하늘 그리운 얼굴

햇살 쏟아지면 쓰르라미 매미 열창(熱唱)을 하고
나비는 날 지켜보며 떠나가질 않는다.

반짝이는 별

새벽하늘 반짝이는 별
날 지켜주시는 주님의 눈빛

부르면 항상 와주시고
언제 어디서나 날 도와주시네

이 새벽 더욱 그리워 바라보니
아픈 곳 어루만져 주시네

님의 모습 바라보며
주신 말씀 되새기게 하소서

산이 불러 와 보니

산이 불러 와 보니
계곡 가득한 맑은 물소리
능선 넘치는 푸른 그늘
봉우리는 안개 속에 나와 함께 있구나

부르는 물소리엔 대답이 들려오고
푸른 그늘엔 추억이 밟히고
안개 속엔
내 몸과 마음 몽땅 잠기는구나

개천절(開天節) 아침에

등잔불 심지 돋으며 그린 태극기 들고
학교 운동장에 모여 읍내 신작로 가득
만세 부르던 어린 시절

"우리가 물이라면 새암이 있고"
노래도 잊혀지고 행렬도 사라져
태극기 내어 거는 마음 아프다.

크고 깊은 뜻 있어 나라 세운 단군왕검
우리 모두 힘을 받고 희망이 넘쳤는데
지구촌 따른다며 우리 자랑 버리는 어리석음.

마음이 아프면

왼발 무릎이 아파 오른발 힘주며 걸었다.
오른쪽 어깨 아파 왼손에 짐을 들었다.

왼쪽 이가 아파 오른쪽으로 씹었다.
오른 눈 안압(眼壓) 높아 왼눈으로 본다.

그런데
이 마음이 아프면 저 마음도 아프다.

그래서,
마음이 아프면 주님 의지할 뿐이로구나.

언제부터인가

언제부터인가
혼자 산을 오르내린다.

가볍게 가고 올 수 있고
아쉬움 깔리지 않아 좋다.

마음 맞아 즐거운 산행도 한두 번
결국은 혼자가 되는 것

고운 단풍잎 소중히 간직하듯
떠오르는 아름다움 꼼꼼히 챙겨 흡족하다.

하나님을 몰랐으면

내가 만일 하나님을 몰랐으면
동지섣달 긴긴 밤 잠 깨어 무엇을 했을까
잠을 수 없는 밤 하늘 뭇별 따라 헤매며
가는 곳이 물인지 불인지 모르며 방황했겠지
참된 말씀 모르고
헛된 그림자 이리저리 따라다니며
손발은 닳고 몸은 상처투성이겠지

내가 만일 하나님을 몰랐으면
내게 주신 모든 것 분에 넘치어
이른 새벽 감사의 눈물로
이 가슴 적시지 못 했을 거야
주님의 세미한 음성으로
내게 주시는 은혜의 말씀
감당치 못해 이처럼 기뻐했을까

시신경 살려달라고

눈을 살피던 안과 전문의사가
시신경(視神經)이 많이 망가졌단다.

의사의 숨소리마저도 내 생명줄 같은데
혀를 치며 말을 한다.

백내장(白內障) 수술을 한 뒤에
시력을 회복할지 확신을 못하겠단다.

할 수 있는 주님께 기도하리
시신경 살려달라고.

주왕산 오르며

가보고 싶었던 산이라 가슴이 설렌다.
기암절벽(奇巖絶壁)이 병풍(屏風)처럼 둘러 있어 석병산(石屛山),
선덕왕(宣德王) 뒤를 이어 즉위(卽位) 못한 김주원(金周元)이
수도(修道)를 했다고 주방산(周房山),
동진(東晉)의 주도(周到)가 쫓겨와 주왕산(周王山)이란다.
의상대사(義湘大師) 창건했다, 보조국사(普照國師)가 창건했다 하는
대전사(大典寺) 지나 가파른 언덕 계단을 오르니 전망대라.
웅장한 바위는 골짜기 가득, 그 사이사이 흘러간 세월 아른거린다.
정상을 서둘러 지나 산등성이 양편 골짜기엔 늘씬한 소나무 가득,
그래서 이 고장이 청송(靑松)인가 보다.
청학(靑鶴)과 백학(白鶴) 둥지 틀고 살던 학소대(鶴巢臺),
산상 왕궁(王宮)에 물 길어 올리던 급수대(汲水臺),
외로운 골짜기 찾아온 고향 달 바라보던 망월대(望月臺),
주왕암(周王庵)과 주왕굴에 전설이 서리고
시퍼런 제일폭포는 쉬지 않고 쏟아 내린다.
침입자를 막으려 쌓았던 자하성(紫霞城) 잔돌이 흩어져 있다,
사명대사(四溟大師)는 임란(壬亂) 때 의병(義兵)을 길렀다지

잡은 줄 알지 마라

승차하면 내리기까지만
입장하면 나오기까지만
내 자리요

산 오르면 내려오기까지만
만나 걸으면 헤어지기까지만
함께 있을 뿐

잡은 줄 알지 마라
모두가 다
쉼 없이 흘러가는 거다.

백암산(白巖山) 오르며

전라남북도(全羅南北道)의 도계(道界),
장수(長水)와 순창(淳昌)의 군계(郡界).
몽계폭포(蒙啓瀑布) 지나 오르는 한적한 산속 길
다시 걷고 싶은 길 걸어 오르니
상왕봉, 도집봉(기린봉), 백학봉(白鶴峰).

백양사(白羊寺) 쌍계루(雙溪樓) 그냥 지나며
운치(韻致) 가득하고 향기 감도는 골짜기
하얀 큰 바위 봉우리 백학봉(白鶴峰)
좌우에 맑은 물 흐르는 곳

무왕(武王) 때 여환(如幻)선사 창건하고
선조(宣祖) 때 환양선사(喚羊禪師) 중건하여
"도(道)의 오묘(奧妙)함은 의론(議論)으로 되는 것 아니며
불법(佛法)도 말과 글자로 이야기 할 수 없나니"(宋漫庵)
되새기며 걸었다.

나라를 생각한 대통령

― 고 박정희 대통령

어젯밤 꿈에 뵈었다.
가시기 며칠 전에도 뵈었는데.
그 때에는 호숫가에서
흉측한 큰 고기가 덮치는 꿈이었고
이번엔 의젓한 모습으로 질타하시며
돌아서는 옆 얼굴에 미소를 지으신 모습
순간 절벽에 죽은 소나무 한 그루 보시며
죽어가게 놔둔 것 심히 꾸짖으신다.
자세히 살펴보니
작은 한 가지가 파릇하다.
군사독재니 유신독재니 심지어는 공산당이라던
소리꾼들 길고 긴 세월 빈 소리만 외치었구나
나라를 생각한 님이시여
다시 손과 발로 님의 뜻을 이어가게 하소서.

추월산 오르며

달 밝은 가을밤에 아름다워, 아니면,
추성리와 월계리에 이어진 산이라, 추월산(秋月山)인가
가파른 바위길 숨 가삐 오르니 절벽에 보리암(菩提庵) 열려 있다.
여(女) 스님도 달 밝은 가을밤을 지내 보아야
추월산 연유(緣由)를 알 듯하단다.
보조국사(普照國師) 지눌(知訥)이 자리잡았다는
창사설화(創寺說話)
암자 마당에 큰 가마솥 담양 어느 여인의 불심으로 올려졌다지
의병대장 충장공 김덕령(義兵隊長 忠壯公 金德齡)
님의 부인 이곳에서 순절하신 곳(婦人 興陽李氏 殉節處)
보리암 정상을 지나는 길은 산죽(山竹) 사이 길이다.
예닐곱 광주(光州) 여인들 과일과 커피를 주기에
시 암송(詩 暗誦)으로 답례하니
한 분은 녹음까지 하며 평생의 기쁨이라 하지만,
즐겁고 기쁨이 내 마음보다 더하랴
산등성이 개울가 힘들게 내려왔다.

팔공산 관봉(冠峰) 오르며

고려태조(高麗太祖)는 견훤(甄萱)과 이곳 전투(戰鬪)에서
여덟 명의 중신(重臣)을 잃었다 하여 팔공산(八公山)이라지
그 중에도 신숭겸(申崇謙)과 김락(金樂) 두 장수를
예종(睿宗)은 애도하였지
"님을 온전케 하시기 위한 그 정성은 하늘 끝까지 미치심이여
곧고 곧은 업적은 오래 오래 빛나리로소이다." (悼二將歌)
관봉약사여래좌상(冠峰藥師如來坐像)
돌아가신 어머니를 위하여 신라 의현이 조성했다지
그리운 어머님의 모습이 하나하나 손끝에서 피어 오름 보며
쪼아대는 대로 피어나는 모습
별빛에 기뻐하고 달빛에 즐거워 했으리라.
능선재에서 은해사(銀海寺)를 향하는데
백흥암(百興庵) 앞 양지 바른 골짜기 지나고
은해사(銀海寺)는 그냥 지나
발짝마다 건강 주심 감사하며
오르내림을 마치었다.

새 눈으로는

놀랍게 선명한 모습 주님의 은혜로다.
세상 기쁨 중 이보다 더한 것 있을까

새 눈으로는 새것을 보아야지
목련꽃 망우리에 솜털이 보이고

족자 속 '수산복해(壽山福海)' 글씨에
붓털 갈라져 지나간 획이 보인다.

아내는
제발 주름살 보지 말아달란다.

하늘 우러러보니
맑고 밝은 살아있는 얼굴이로구나

마음이 뜨거워져

― 성탄절에

초인종(招人鐘)이 울려 누구세요 하니
예수라 하신다.

누구를 찾으세요 하니
나를 찾아 오셨단다.

깜짝 놀라 무슨 일로요 하니
갈 길 벗어나 구덩이에 빠져 건져주려 오셨단다.

빠지지 않았는데요 하니
말로는 듣지 않아 사람의 옷을 입고 오셨단다.

아! 이 순간 내 마음이 뜨거워져
무릎 꿇고 꺼내달라고 애원을 한다.

꿈은 기도를 만나야

꿈은 기도를 만나야
아름답게 이루어진답니다.

기도 없는 꿈만으로는
개꿈이요 소망일 뿐이랍니다.

인생은 패배했을 때 끝나는 것 아니오
꿈을 포기했을 때 끝난답니다.

깨어지는 듯할 때마다 꿈은 이루어지고 있다고
믿고 기도해야 된답니다.

사람이 이 세상에 태어난 것은
품은 꿈을 위하여 기도하기 위함이랍니다.

사람의 모습으로 오심

성탄절을 앞둔 어느 날 저녁예배를 올리고
젊은 부부가 눈 쌓인 길로 집에 오고 있었다.

하나님의 아들이 사람의 모습으로
세상에 오심이 믿기지 않아 서로 물었다.

집에 당도하니 배 고픈 참새들이 집안에 모여있어
남편이 모이를 주었으나 그냥 날라가 버린다.

당신이 참새가 아니라 날라갔다며
아내는 달려와 남편의 품에 안겼다.

주님도 그래서 우리의 모습으로 오심 깨닫고
두 손 잡고 감사의 기도를 올리었다.

안 하면 되는 것을

안 하면 되는 것을
왜 하면서
되풀이 하는 건가
안 하겠다고.

오늘 안 하면 되는 것을
왜 하면서
되풀이 하는 건가
내일부터 안 하겠다고.

내가 안 하면 되는 것을
왜 하면서
되풀이 하는 건가
너 때문이라고.

항상 함께 있으리라

두 눈 모두 새 눈으로 마태복음을 읽었다.

하나님은 악인이나 선인이나 다 같이 햇빛을 비춰게 하시고
의인(義人)이나 죄인(罪人)이나 다 같이 비를 내려 주시고
구하면 주시고 두드리면 열어주시고 계시네

듣기는 들어도 깨닫지 못하였고, 보기는 보아도 알지 못하였고
입술로는 주님을 믿는다며, 마음으로는 주님에게서 멀었고
입에서 나오는 것은 바로 내 마음의 악한 생각, 더럽고 더러웠구나

내 입으로 성령을 거역하여
이 세상과 오는 세상에도
죄 사함 받지 못 할 뻔했네

"내가 세상 끝날까지 너희와 항상 함께 있으리라."
이 말씀 믿고 새 눈으로 깨어있게 하소서.

내 마음 방에는

내 마음 방에는
흰 쥐와 검은 쥐
두 마리가 살고 있다.

검은 쥐가 설치는 날엔
보이는 것이 모두 적이요
온 종일 불안하다.

흰 쥐가 설치는 날엔
보이는 것이 모두 친구요
하루 종일 편안하다.

밥을 많이 먹은 쥐가 설치는데
어느 쥐에게 많이 주느냐는
내 마음에 달려 있다.

아내 나이 일흔에

황해도(黃海道) 연백(延白) 땅에 태어나
청주(淸州) 우암산(牛岩山) 기슭 참나무배기
풀밭에 뛰놀던 예쁜 송아지

나는 금방 알아보았고
그도 산과 들판 마다 않고
기찻길 발 맞추어 걸어도 보았다.

어미 소가 되더니
한 보금자리에 여섯이
저마다 할 일 하였다.

이른 새벽 자는 얼굴 보고는
눈가에 잔주름 깜짝 놀라
돋보기 벗고 눈 어두워지는 것 감사했다.

둘만으로는 넘기 힘든 고개
슬퍼도 울지 못하고, 기뻐도 웃지 못한 골짜기
이제는 둘이 모두 칠순(七旬)을 넘네

조상님 백년해로(百年偕老)를 바랬지

뼈 중에 뼈요 살 중에 살이거늘
어찌 아니 되겠는가

아내는 노래와 악기가 있어
나는 시(詩)와 산(山)이 있어 기쁘니
이 모든 것 주님의 은혜(恩惠)로다.

내가 받은 분복

두 눈 모두 새 눈으로
전도서(傳道書)를 읽었다.

헛되고 헛되며 헛되고 헛되니 모든 것이 헛되도다.
내가 한 모든 일 다 헛되어 바람같이 사라지는구나

보는 것이 공상(空想)보다 나은가 하였더니
보는 것도 헛된 것이라 보려고 애만 썼구나

살아가노라면 좋은 날도 안 좋은 날도 있기 마련
형통(亨通)한 날엔 기뻐하고 곤고(困苦)한 날엔 생각하라신다.

내가 받은 헛된 날을 사랑하는 아내와 즐겁게 살아가는 것
이것이 내가 받은 수고(手苦)의 분복(分福)이로다.

어찌 그리 아름다운지

두 눈 모두 새 눈으로
아가서(雅歌書)를 읽었다.

내 마음으로 사랑하는 자야
내가 사랑하므로 병이 생겼구나
나의 사랑, 내 어여쁜 자야
일어나서 함께 가자.
내 사랑하는 자는 내게 속하였고
나는 그에게 속하였도다.
네 사랑이 어찌 그리 아름다운지
돌아오고 돌아오라 술람미 여자야
솔로몬 왕이 술람미 여인을 이 같이 사랑하였으나
주님은
나를 이보다 더 사랑하고 계시도다.

백덕산 오르며

두 눈 모두 새 눈으로 큰 산 보고 싶어 백덕산(白德山) 오른다.
금, 참옻, 산삼, 먹는 흙, 네 가지 재화(財貨)가 있어
사재산(四財山)이었다지.
산 봉우리 가득가득 누군가 덕성(德性) 베풀어 놓은 하얀 눈
그래서 백덕산(白德山)인가.

정상을 코 앞에 두고 힘겨워 하산길 택하니
이만한 용기 나이든 탓이겠지, 삶의 길에도 이런 길 있겠지

엉거주춤하는 모습 보고 아이젠(Eisen) 차서 미끄러지지 않는다고
안타깝게 깨우쳐주며 지나는 젊은이들.

그렇다.
내 몸의 제어장치(制馭裝置) 다 하고도
구습(舊習) 때문에 두려워함은
내 영적(靈的) 삶도 매한가지겠지

깨어 있어 기도하라

두 눈 모두 새 눈으로
마가복음을 읽었다.

때가 찼고 하나님 나라가 가까웠으니
회개하고 복음을 믿으라신다.

기도하고 구하는 것은 받은 줄로 믿으라신다.
시험에 들지 않게 깨어 있어 기도하라신다.

두려워 말고 믿기만 하라시는데
듣고 보면서도 두려워 떨고 있었네

깨어 있어 기도하게
주님 도와주시옵소서.

민주지산 오르며

보고 싶은 산을 가고자 정하고 나면 그 이름부터 부르고 싶어진다.
민주지산(岷周之山)은 그 뜻을 모르니 더욱 보고 싶다.

도마령에서 숨 가삐 눈 길을 오르니 각호산(角虎山)
호랑이 뿔이라니, 무슨 연유일까

몸을 참고 견디어 이기는 것은
마음을 이기는 것(克己)보다 쉽구나

사방을 둘러보니 다 같이 흰 옷으로 갈아입은 봉우리 둘러 있다.
아! 산 봉우리(岷) 둘러(周) 있는(之) 산이란 뜻일까

내려오기도 힘 드는 길을 지나 '물 한 계곡'에 이르니
물이 한없이 많아 물한이란다.

함백산(咸白山) 오르며

눈 때문에 두문동재 터널 앞에서 차를 내려
굽은 차도(車道)를 질러 질러 싸리재에 올랐다.

칼로 세운 조선(朝鮮)을 반대(反對)하던
고려 유신(高麗遺臣) 칠현(七賢)이
올곧게 살면서 두문동(杜門洞) 이루었겠지
"눈이 올라나 비가 올라나 억수장마 질라나
만수산(萬壽山) 검은 구름이 막 모여든다"
정선(旌善) 아라리가 되어 물 따라 흘러 나가고
얼은 두문동(杜門洞) 기품(氣品)되어 이어지리니
금대봉 기슭 검룡소(劍龍沼)가 한강(漢江)의 발원(發源)이 되듯.

몸을 날려보낼 듯, 볼을 에이는 듯
칼날 같은 차가운 바람 가르며
백두대간(白頭大幹)을 따라간다.

눈 위에 마음 놓고 앉아 김밥을 먹으며
버릴 것 다 버린 단아(端雅)한 겨울나무 가지 사이로
섞일 것 하나 없는 순전(純全)한 파란 하늘이 보인다.

늦게나마 보호(保護)받고 있는 주목(朱木)과

천년(千年)의 이야기 주고받으며 걷는다.

정상(頂上) 표시석(標示石) 위로 낮에 나온 열흘 달
맑은 하늘에서 순 은색(純銀色)을 알려준다.

눈 녹는 질척한 가파른 길로 만항재에 이르러
발 동동거리며 국에 말은 밥이
단골집 아줌마 솜씨보다 더 맛있구나.

부럼을 깨물며 (1)

대보름 아침 부럼을 깨문다
일년 내내 부스럼 나지 말라고 깨물었지만
이제는
미혹을 깨물어 버리자.

파혹(破惑)
천상(天上)의 복(福)을 누리려는 미혹(迷惑)
차례(次例)를 거슬리려는 당찮은 욕심(慾心)
그러한 미혹(迷惑)을 깨뜨려 버리자.

나를 깨뜨려 참 나를 알고
번뇌(煩惱)를 깨뜨려 참 우주(宇宙)를 깨닫고
하늘과 땅을 깨뜨려
지으신 님의 뜻을 깨닫자.

어찌 이것뿐이랴

국보(國寶)가 불에 탔다고
슬퍼하지 마라

숭례문(崇禮門)이 탔다고
가슴 아파하지 마라

그 동안 태워 버려 아까운 것
어찌 이것뿐이랴

물려 받은 그 보배며
신명(身命) 바쳐 지켜주신 그 고운 얼

운장산(雲長山) 오르며

일가(一家) 어르신 은둔(隱遁)하시며
그 크신 뜻을 후학(後學)에게 끼치신 곳
구봉(龜峰) 어르신의 자(字)를 따라
구절산을 운장산(雲長山)이라네
"소나무에 말을 매고 누워 물소리 듣노라"
歇馬松陰聽水聲-(님의 시조 〈산행〉에서)

피암목재에서 가파른 눈길로 활목재 지나니
서봉(西峯)
오성대 어디쯤에 님의 숨길 머물리라
바위 길 미끄러져 도움으로 일어나
정상(頂上)에 오르니 보이는 산들이 흰 줄무늬 옷을 입었구나
바위 길 두 번째 미끄러져 엉덩이가 아프다.
동봉(東峯)을 지나 간신히 내처사동(內處士洞)에 이르렀다.

* 주 ; 구봉(龜峰)은 송익필(宋翼弼, 1534~1599)

덕양산(德陽山) 오르며

경복궁(景福宮)을 사방(四方)에서 지키고 있는
북한산(北漢山), 아차산(阿且山), 관악산(冠岳山),
그리고 덕양산(德陽山).

함성(喊聲)이 들린다.
군인(軍人), 관료(官僚), 승려(僧侶), 부녀자(婦女子)
이 땅에 태어난 모두가 왜적(倭敵)을 꾸짖는 함성(喊聲)이었다.

영명(英明)하신 권률(權慄) 장군(將軍)
이치(梨峙), 독산성(禿山城), 여기 행주산성(幸州山城)에서
승승장구(乘勝長驅)하서 서울을 쉽게 찾았지

두고두고 겨레의 기쁨이 되리라.
배달민족(倍達民族) 가슴가슴 속에
애국(愛國)의 마음씨 자라나리라.

화야산(禾也山) 오르며

청평(清平) 댐에서 숨 가삐 오르며 봉우리 두어 개 지난 후에야
얼굴 내어보이는 뾰루봉이다.
강 건너 호명산(虎鳴山)은 고향 친구처럼 반갑고
북한강(北漢江) 검푸르게 한 획(劃)을 긋는다.
봉우리 지나고 어렵게 화야산(禾也山) 정상(頂上)을 만났으나
이름의 연유(緣由)를 물어도 대답이 없구나
운곡암(耘谷庵) 어림해 보며 태종(太宗)의 스승 운곡(耘谷),
치악산(雉岳山) 가는 길에 잠시 머물던 암자(庵子)
"흥망(興亡)이 유수(有數)하니 만월대(滿月臺)도 추초(秋草)로다"
"눈 맞아 휘어진 대(竹)를 뉘라서 굽다던고"
님은 말씀을 이렇게 남기셨구나
맑은 옹달샘 물, 어린 시절을 마시듯
산죽(山竹)이 떠주는 대로 마시었다.

* 주(註) ; 운곡(耘谷)은 원천석(元天錫)의 호(號), 산죽(山竹)은 내 친구(親舊) 강석흥(姜錫興)
  의 호(號) 태종(太宗)은 朝鮮 세 번째 임금(李芳遠)

팔달산(八達山) 오르며

탑(塔)을 세운 듯하여 탑산(塔山)이라
이 산 기슭에 벼슬 버리고 사신 선비 한 분 계셨네
벼슬을 내려도 받지 아니 하는 망천(忘川)에게
조선 태조 연유(緣由)를 물으니
이른 새벽 이 산에 오르면 막힘 없는 사방이 아름답고
한낮에 개울가에서 놀면 거친 세상일 잊어 좋고
밤이 되면 이웃들과 착한 일 권하며 사니 즐겁다 아뢰었네
임금님은 이 말을 듣고
그 산은 사통팔달(四通八達)하다니 팔달산(八達山),
그 개울은 세상사(世上事) 잊게 한다니 망천(忘川),
그 동리는 권선징악(勸善懲惡)한다니 권선동(勸善洞)이라
명명(命名)하셨답니다.
정조대왕(正祖大王)은
이 산 능선(稜線)을 따라 십여리(十餘里) 성을 쌓고
꽃같이 아름답다고 화성(華城)이라 명명(命名)하셨네

* 주(註) ; 망천(忘川)은 고려 공민왕(恭愍王) 때 한림학사(翰林學士) 이고(李皋, 1381~1420)
 의 號

숙지산(熟知山) 오르며

날은 흐렸어도 저녁 노을 그리워
뒷동산 숙지산(熟知山) 오른다.

앙상한 나뭇가지 사이로
초닷새 달님이 반갑게 맞아준다.

임금님 화성장대(華城將臺)에서 자세히 아시려 하여
죽지산(竹旨山)을 숙지산(熟知山)이라 불러온다지

어린 딸 손잡고 처음 찾았을 때엔
골짜기에 맑은 물이 흘렀지

이 아름다운 산을 가까이 두고
내 어이 먼 산을 찾아 다녔나

오늘

잠 깨어 창문 열면 시원한 바람 얼굴 스치고
어둠의 긴 꼬리 지나간 자리에
맑은 새소리가 가득 채워지면 오늘이다.

어제를 이긴 승리의 날이요
이전 것을 보내고 새것이 된 날이요
내일을 피어낼 꿈의 날이 오늘이다.

외가에 가는 날, 원족(遠足) 가는 날,
그렇게 손 꼽아 기다리던 날도 있었고,
피하고 싶었던 날도 있었다.

"잘못이 있으면 꺼리지 말고 고쳐야 할"(過則勿憚改)[1]
그 날이 오늘이요
어제 했어야 할 일이나, 내일 해야 할 일을 할 수 없는 날이다.

"오늘 네가 나와 함께 낙원에 있으리라."[2]
"내가 오늘 네 집에 유하여야 하겠다."[3]
주님의 음성 들려오는 날이다.

오늘을 생각할 수 있는 지혜(知慧) 주심

감사(感謝)의 눈물로 새로운 날 되기를 기도(祈禱)하는 날
오늘이기를 날마다 때마다 소원하나이다.

* 주(註) ; 1) 논어 학이편(論語 學而篇)
         2) 누가복음 23장 43절
         3) 누가복음 19장 5절

더 큰 자랑

광교산 중턱에 439개 나무계단이 있다.
계단 앞에서 한 가지 바람은 한 칸, 한 칸 오르는 것뿐.
절망만이 보일 때라도 계단 앞에 서면 길이 보인다.

사람의 모임마다 재산, 자식 자랑에 주눅이 드나
그 모든 것보다 귀한 보배 지니고 있는 것을
잠시 잊었네

"주님 함께하여 주심"
이보다 더 큰 자랑
내 마음 속 가득하다.

노고봉, 정광산, 마구산, 태화산 오르며

바위와 소나무 어울린 길 숨가삐 오르니
노고봉(老姑峰, 573)이다.

칡 의관(衣冠)에 생식(生食)을 하며 선정(善政)을 기렸다는
홍 승지의 전설(傳說) 갈곡(葛谷) 갈담(葛潭) 골짜기에 자욱하다.

산 모습 어느 모로 보나 의젓하여 올곧은 군자(君子)와 같아
정광산(正光山, 563)

앞을 막고 오르막 심해 힘주어 오르니 넓은 봉우리
마구산(馬口山, 595)

바위로 쌓여진 산 봉우리에는 큰 바위 세워 산 이름 새겨놓은
태화산(泰華山, 644)
태안(泰安)에서 태자(泰字), 용화삼회(龍華三會)에서 화자(華字)
태화산(泰華山)이란다.
가파른 길 간신히 내려 오니 고려(高麗) 충숙왕(忠肅王) 때
일연선사(日蓮禪師) 창건(創建)한 백련암(白蓮庵)

건강 주신 주님께 감사의 눈물 흘리니
일곱 시간의 단잠을 깨는 듯하구나.

* 주(註) ; 태안(泰安)-태평(泰平)하여 안락(安樂)함
  용화삼회(龍華三會)-미륵(彌勒)이 56억(億) 7천만년(千萬年) 후에 세상(世上)에 나타나
  용화(龍華)나무 아래서 성불(成佛)하고 세 차례 설법(說法)을 하여 중생(衆生)을 제도(濟
  度)함.
  태화산(泰華山)-대동여지도(大東輿地圖)에는 대해산(大海山)

내 마음 뜨겁도다

백내장 수술을 한 새 눈으로 누가복음을 읽으니
온 백성에게 미칠 큰 기쁨의 좋은 소식,
예수님께서 나를 위하여 오신 소식을
듣고 있습니다.

그 많은 선지자, 임금님까지도 오늘 보고 듣고 있는 이 말씀을
보고자 하였으되 보지 못하였으며
듣고자 하였으나 듣지 못하였으니
나는 참으로 기쁘고 복되도다.

부활하신 주님 엠마오로 가는 두 제자에게 말씀하시고
또 알아듣기 쉽게 일러 주실 때
마음이 뜨겁지 아니 하더냐 제자들 주고받은 말
오늘 내 마음도 뜨겁도다.

서로 사랑하라

백내장 수술을 한 새 눈으로 요한복음을 읽으니
하나님과 함께 계신 말씀, 그 말씀 안에 생명이 있으니,
이 생명이 빛이라.
이 빛을 영접하는 자, 하나님의 자녀가 되는 권세를 주셨으니
주님, 하나님의 아들이심을 믿사오니 자녀 삼아 주시옵소서

선한 목자는 양들을 위하여 목숨을 버리듯
주님은 우리를 위하여 목숨을 버린 선한 목자이심을 믿습니다.
주님은
내가 사랑한 것같이 너희도 서로 사랑하라십니다.

주여 주님을 보지 못하였으나,
믿는 자 되어 하나님의 자녀가 되게 하옵소서

양자산 오르며

큰 골 물소리 정겹게 들으며 반겨주는 산을 향해 오르니
동갑내기 촌로가 이 곳에 살면서도 오르지 못했다며 부러워한다.
주신 은혜 감사하며 낙엽송 깊은 숲길을 숨 가삐 오르니
각시 바위 누워 노송과 어울려 깊은 잠에 잠겨 있다.
이 바위 멀리서 본 사람은 바람이 난단다.
지나는 달도 몸을 씻고 간다는 세월리(洗月里)
잔잔한 개울이 멀리 보인다.
아직 봄을 간직한 진달래 철쭉 숲 부드러운 산길로
양자산(楊子山) 정상에 올랐다.
낙엽 모아 파도 타며 내리막을 지나기도 하며
해 기우는 서쪽 하늘에 앵자봉(鴬子峰) 멀리 두고
물길 거슬러 올라오는 잉어가 멈춘 곳, 주어리(走魚里) 지나
양자산 내력 모른 채 막차를 탔다.

모악산 금산사 둘러보고

조용히 내리는 빗속에 벚꽃잎 살며시 내려앉는다.
이십 년 전 기억 살려 보며 모악산(母岳山) 금산사(金山寺) 둘러본다.
홍예문(虹霓門) 간신히 지탱하여 흘러간 이야기 전해 준다.
나라 지킨 승병의 무용담, 자식에게 잡혀 있던 견훤(甄萱)의 애환.
사도법관 김홍섭(金洪燮)님 태어나신 고장 비 앞에 옷깃 여민다.
백제 법왕 때(599) 국태민안(國泰民安)을 기원하려 열린 이래
수 많은 스님들의 손길 진하게 남아있구나
어서 오라 두 손 벌리신 엄뫼(母岳), 그 큰 품에 안긴 절이로다.
부처님, 그의 말씀, 그리고 말씀을 따른 스님들에게
번뇌와 욕심 속에 헤매는 몸을 의지하는 것이
삼귀의(三歸依)라지만, 그 깊은 뜻을 알리 없구나.
성부(聖父) 성자(聖子) 성령(聖靈) 삼위일체(三位一體)
하나님을 믿는 믿음으로 감사하며 살고 있을 뿐이로다.
맑은 물소리 들으며 비옷차림으로 계곡을 오르니
편안하고 즐겁구나
꽃잎 스친 빗방울 김제(金堤) 넓은 들을 적시고
보살펴주신 은혜(恩惠)에 감사(感謝)의 눈물 내 가슴 적시도다.

있잖니

외롭다 말라 말씀 있잖니
오늘도 말씀 내일 모레도
평생에 말씀 말씀 말씀뿐.

힘들다 말라 주님 있잖니
오늘도 주님 내일 모레도
평생에 주님 주님 주님뿐.

괴롭다 말라 성령 있잖니
오늘도 성령 내일 모레도
평생에 성령 성령 성령뿐.

두렵다 말라 함께 있잖니
오늘도 함께 내일 모레도
평생에 함께 함께 함께뿐.

사랑하는 내 아들아!

"한 번 더(once more)"란 말이 있다.
실패(失敗)를 하였을 때 "한 번 더" 할 기회(機會)가 있는 것이다.
이제 시험(試驗)을 알았고 네 실력(實力)을 알았으니,
백 번(百番)을 시험(試驗) 보아도 위태(危殆)롭지 아니한 것이다.
(知彼知己면 百戰不殆요—孫子兵法 謀攻篇)
지나간 일은 다 잊고 새로운 일을 하여야 한다.
그 동안의 공부방법(工夫方法)과 습관(習慣)을
지혜(智慧)롭게 고쳐야 한다.
그러나 흘러가는 강물과 같이 서두르지도 말고, 쉬지도 말며,
한 가지 한 가지를 노트에 정리(整理)하며
반복(反復)하여 읽는 습관(習慣)이 필요(必要)할 것이다.
옛 어른들이 백 번 읽는 것이 한 번 쓰는 것만 못하다고 하셨다.
시작(始作)할 때와 마칠 때에는
하나님께 기도(祈禱)하라.
건강(健康)을 주시고
이치(理致)를 깨닫는 지혜(智慧)를 주셔 감사(感謝)하다고.

일손을 놓으련다

일손을놓으련다 자고 나면 하던 일 그만 하련다.
떨리고 힘든 다짐이다 얼마나 선망한 직업이더냐

일손을 놓으련다 자고 나면 하던 일 그만 하련다
무리에서 떨어져 나감인가 갇힘에서 벗어남이런가

일손을 놓으련다 자고 나면 하던 일 그만 하련다
산과 들의 가까운 만남 속으로 가리라.

일손을 놓으련다 자고 나면 하던 일 그만 하련다
"많이 거둔 자도 남음이 없고 적게 거둔 자도 부족함 없이"
(출16:18)

그렇게 살련다.

철쭉꽃을 보며

살아 있는 것은 모두 연한 초록색,
앙상하던 잡목까지도 연한 초록색 옷 입고 반겨
가랑잎 포근한 자리에 주저앉았다.

소나무 사이사이 잘도 어울린 철쭉꽃
다섯 연한 초록 잎사귀와 연분홍 꽃잎
주고 받는 이야기 이어진다.

소나무는 바늘같이 가는 잎으로 눈보라 거센 바람 막아주더니
철쭉꽃은 받은 은혜 감사하여 환한 웃음 고이 드리는 모습
옹알거리는 어린아이의 두 볼에서나 찾을 수 있는 웃음이로다.

간간이 지나는 바람에 연한 향기 남기고 지는 꽃잎
아내가 담아준 감자떡, 먹은 그릇에 집어 담는다.
기다려 온 그리움을 마음에 되새겨보듯.

황매산(黃梅山) 오르며

모산재 오르니 떠들썩
꽃과 사람 가득한 철쭉제

날 기다리는 바위에 앉아
두고 온 소나무 그늘 속 연분홍 철쭉 그립다.

산 봉우리 매화를 닮고 풍요롭다(黃)고
황매산(黃梅山)이란다.

정상에서 내려다 보니
매화형국의 분지 완연하구나

멀리 합천호가 꿈같이 아름다워
이 산 오른 보람이 있다.

경포호(鏡浦湖)에서

바람 부는 한낮에도
거울같이 맑은 호수

바위섬 정자에는
새들이 주인이로다.

숱한 가시마저 아름다운
해당화(海棠花) 향기롭다.

어느 부자(富者) 살던 마을
스님 박대(薄待)해 호수가 됐다지

홍장(紅粧)을 연모(戀慕)하던 안찰사(按察使)
정인(情人)과의 재회(再會) 어떠했을까

돌아가리라

돌아가리라
논밭 일굴 힘 없어도
꿈 같은 어릴 때 마을로 돌아가리라.

돌아가리라
옳게 살려고 입은 상처
어릴 때 몸과 마음으로 돌아가리라.

돌아가리라
자고 나면 하던 일 접고
어릴 때 뛰놀던 때로 돌아가리라.

돌아가리라
잡는 손 마다하고
아침 이슬로 돌아가리라.

아차산성 둘러보고

성과 보루는 발굴 중이라 철조망 안에 누워있고
지나간 옛날은 아득하나 옛 님들의 모습 완연하다.

산 이름, 성 이름 이리 많은 산 또 있는가
아차산성(阿且山城, 阿嵯山城, 峨嵯山城)
아단산성(阿旦山城) 장한성(長漢城)

백제에선 욱리하(郁里河)라 부르는 강을
아리수(阿利水)라 부른 고구려인들이
그 강에서 해가 솟아 아침(旦)이 밝아오는 것을 보고
아단산성(阿旦山城)이라 한 것은 아닌지

위례성을 쌓아 군건히 세운 백제
근 오백 년 평화로운 도읍을 굽어보던 산이었지.

한 임금의 잘못으로 고구려에게 도읍을 빼앗기고
빼앗은 고구려는 이 산성도 빼앗아 보강했겠지

얼마 후 나제연합군(羅濟聯合軍)이 다시 빼앗아
신라는 장한성(長漢城)이라 불렀다지

능선 따라 봉우리마다 이 산성의 특징인 보루(堡壘)들
하늘의 별자리같이 줄지어 있다.

말 없이 흐르는 강물은
뺐고 빼앗기는 그 때마다 분노와 비탄의 함성을 들었겠지

지금 성급한 사람들 유물 몇 점 나왔다고
고구려 산성이라 법석을 떠는 소리 시끄럽기만 하구나

용마산(龍馬山)에서 내려가는 가파른 길
몇 개의 보루에서 산줄기 물줄기 굽어본다.

마차산 오르며

닷새 동안 열심히 일하고 모처럼 맞은 토요일
소요산 맞은편 마차산(磨叉山) 오른다.

나뭇잎에 달팽이 글을 쓰는 개울가 숲길을 따라 들어가니
물소리 이어지고 산새의 고운 소리는 어머님 음성으로 들린다.

정상 부근에 말로만 듣던 기관총 진지
전우(戰友)들의 모습 선명(鮮明)하다.

엄동설한에 이 산속 헤매다가 복숭아 선약을 구해
중병에 걸린 남편을 구했다는 열녀의 이야기 전한다지

뒤돌아 산 모습 보고 또 보아도
산 이름의 연유를 알 수가 없구나.

자유로(自由路)

해질 무렵 자유로(自由路)를 달린다.
어둠이 짙어지니 줄지어 반겨주는 가로등(街路燈)
자유롭게 달릴 수 있어 자유로인가
달리며 자유를 찾으라고 자유로인가
나로부터 네가 자유롭듯
너로부터 나도 자유롭길
임진각 망배단(望拜壇)에 이르니
개구리 합창으로 반겨준다.
너와 나로부터
내가 자유롭길 갈망할 뿐.
"진리가 너희를 자유롭게 하리라." (요 8:32)
말씀 안에 살면 진리를 안다 하셨으나
나에겐 구름 속 희미한 별들 같구나!

장산(壯山) 오르며

다녀온 태백산(太白山) 함백산(咸白山) 부근이라
더욱 가고 싶어 장마 예보 속에 나섰다.

자장법사(慈藏法師) 진신사리(眞身舍利) 봉안할 곳을 찾아
아홉 번 오셨다는 구래리(九來里).

시어머니와 며느리, 아이 달라고 치성 올렸다는 꼴두바위(고두암)
만경사 입구 가파른 너덜길 비 맞으며 오른다.

서봉을 지나 촛대바위 둘러보며 숨을 돌리는데
초입에서 힘들어 포기한다던 젊은이의 늠름한 모습 보고

장하다 격려하고 나니, 산 이름 연유가 짐작되네
장사(壯士)나 오를 산이라 장산(壯山)이 아닌지

정상에서 사방을 둘러보니 오리무중(五里霧中)
깊은 계곡, 높은 산봉우리 보는 듯 말하니

듣는 이는 의아해 하나,
보이는 것만 본다 하는가 되묻고 싶다.

곤죽이 된 진흙 길,
잔돌 깔린 너덜 길,

주저앉고 싶은 만큼 내려오니 평지 흙길이다.
그래, 내 살아온 지난 날도 이러했지

어린 단종(端宗)의 혼령(魂靈)이 태백산 산신이 되고자 가는 길에
잠시 쉬어가셨다는 어평리(御坪里)

살아서도 죽어서도 온 백성을 사랑하시는 임금님
요즈음 편히 쉬지 못하시겠네

회화나무를 보며

법조(法曹)빌딩 화단에 예닐곱 주
그 신비한 회화나무(홰나무, 槐木)를 본다.

원님(都護府使) 계셨던 내 고향 남양읍내(南陽邑內)
동서(東西) 넓은 벌에 마주선 두 그루 회화나무 고목
해 걸러 한 나무에 잎 안 나오면
그쪽 '홰나무 뜰' 엔 가뭄이 들었는데
극성스런 내 동무가 두 그루 모두 불질러 태웠다지

창 밖 회화나무 여남은 잎사귀에 전율이 지나는데
우매(愚昧)한 내 마음 무던히도 바라본다.
심은 이는 깊은 뜻을 모아 심고
보는 이는 심은 뜻을 헤아린다.

집 앞에 심으면 큰 학자, 큰 인물이 나온다는 신목(神木)
우주(宇宙)의 기운(氣運) 전해 주어 만사형통(萬事亨通)한다지

호탕(浩蕩)한 영웅(英雄)의 기개(氣槪)와
고고(孤高)한 학자(學者)의 풍모(風貌)
흐트러진 몸과 마음의 옷깃을 여미게 한다.

허성(虛星)의 정(精)을 받아 길흉(吉凶)을 예고(豫告)하고
나무마다 스스로 우는 자명괴(自鳴槐) 한 송이가 피는데
이 꽃(槐花)을 먹으면, 까마귀는 길흉을 미리 알고
사람은 영통(靈通)하여져 천상천하의 모든 일을 알게 된다지

꽃, 열매, 잎, 껍질, 진, 뿌리, 버섯
모두 약재(藥材)가 되어 버릴 것이 없다지
이 일 저 일 생각하다 보니
나야말로 남가일몽(南柯一夢)에 빠지는 듯하구나

원님 힘든 일 판단하실 때 이 나무 잎사귀 잡고 지혜를 구했다지
오늘 이 빌딩 드나드는 우리에게도
그 기개(氣槪)와 지혜(智慧)를 전하여 주렴

볏논을 바라보며

차창 밖으로 볏논을 바라본다.
마르는 볏논에 물을 대어주다가 물이 더는 없어 논은 마르고
벼는 목말라 타고 있을 때 너와 나는 한 몸이 되어 애태웠지

메말라 갈라진 논 바닥에서 마르는 볏잎 만지다가
소나기 맞으며 하늘 우러러
너와 나는 뛰며 기뻐하였지

차창 밖으로 보이는 줄 맞은 벼 포기
그 사이로 적당한 물이 보이고 색깔이 깨끗한 볏논 바라보며
즐거워하는 이 마음 어릴 때 그 마음 변함이 없구나.

우금산(遇金山) 오르며

개암사(開巖寺) 가는 길, 저수지 오른 편
숲 우거진 비탈길 올라
산등성이 오르고 내리며 숨차게 걷는다.

산이 높다고 다 험한 것 아니듯
산이 낮다고 다 쉬운 것 아니네

봉우리 이어지는 우금산성, 할아버지는 쌓았고, 나는 지나가며
까마득하게 멀리 보이는 우금암(遇金巖) 다가오니
한 눈에 다 볼 수가 없구나

변한(弁韓)의 우(禹)와 진(陳) 두 장수가 축성을 감독하던 바위
마한(馬韓), 진한(辰韓)에게 망하여
유민(遺民)들이 두 장수를 잊지 않으려고 우진암(禹陳巖)이라 부르고

당(唐)나라 소정방(蘇定方)과
신라(新羅) 김유신(金庾信)이 만났다고
우금암(遇金巖)이라 부른단다.

원효대사(元曉大師) 수도(修道)하던 원효방(元曉房)에는
물방울소리 침묵을 깨며 지키고,

돌아 뒤편엔 크고 작은 두 개의 굴이 있다.

가파른 길 내려오니 왕궁 터답게 넓게 자리한 개암사(開巖寺)
대웅보전(大雄寶殿) 처마 위로 우진암(禹陳巖) 아름답구나
백제 무왕 때 묘련(妙蓮)스님이 왕궁을 절로 고쳤다지

일주문(一柱門)에서 개암제(開巖堤) 이르는 굽은 길
나무숲 정다운 흙길이라 아름다웠는데
포장(鋪裝) 속에 그 운치(韻致)가 묻혔구나

혼자 걷고 싶은 길

길 중에는 혼자 걷고 싶은 길이 있다.
양편이 환히 보이는 산 등성이 길
강 따라 이어진 길
조용한 냇물소리에 옷 젖어 드는 숲속 길
달팽이가 나뭇잎에 그림 연습하는 길

길 중에는 혼자 걷다가 쉬고 싶은 길이 있다.
굽이굽이 어린 시절 이어지는 길
그냥 지나가기에는 너무 많은 일들이 꼬리를 무는
화려한 꽃보다는 전설이 진하게 묻어나는 길
할머니 어머니 따라 나들이 가던 길

나의 영혼은

이른 아침 학교 정문 앞에 서있는 순찰차 안에
두 경찰관이 자고 있다.

저럴 수 있나 하는 마음이 들더니
얼마나 피곤하면 저럴까 하여진다.

"여호와께서 성을 지키지 아니 하시면
파수꾼의 깨어있음이 헛되도다." (시127:1)

"모든 지킬 만한 것 중에
더욱 네 마음을 지키라." (잠4:23)

아! 나의 영혼은
내 몸과 마음을 잘 지키고 있는지

어리석은 내 모습

크고 작은 섬들이 다가오고
빈 배 여기 저기 떠있다.

그렇게 작열(灼熱)하던 태양도
마침내 서산에 걸렸다.

파도가 발자국 휩쓸어가는
모래 위를 마냥 걸었다.

물새도 모르게
어리석은 내 모습 남겨 놓았다.

다 두고 돌아오는 길
초승달 유난히 빛났다.

착하고 아름다운 엄마

세상이 그래서인지
젊은 엄마들 싸늘하다.

아기를 얼러주면
엄마의 눈초리에 민망스럽다.

아기에게 "안녕하세요 해" 하는
착하고 아름다운 엄마도 있다.

반주를 안 해서

평택에 가면 파주옥(坡州屋) 설렁탕을
오래 전부터 즐겼다.

안성에 다녀오다가
군침이 돌아 들어갔다.

진 곰탕에 양념장 넣었는데
맛이 전과 다르다.

곰곰이 생각하니
반주(飯酒)를 안 해서였다.

마냥 걷고 싶어

새벽부터 비가 줄기차게 내려도
마냥 걷고 싶어 비옷 입고 나섰다.

숲속엔 빗소리 물소리 가득하고
한 발작 한 발작 추억을 밟으며 오른다.

산속에서 좋은 벗은 숲속 새들이요
세상에서 아름다운 소리는 물소리라 했지
(山中好友 林間鳥 世外淸音 石上泉)

물소리 새소리 멀어지니
어느덧 광교산 중턱이다.

골짜기 깊은 숲은 안개 속에 잠기고
더는 올라갈 수 없는 정상이다.

물소리, 산새 소리 크게 들리니
거의 다 내려왔나 보다.

더 걷고 싶어 버스길 따라
회화나무(槐木) 꽃 활짝 핀 아래를 지난다.

냇물은 성난 듯 날뛰며 흐르는데
알 듯 말 듯 연한 향기, 기(氣)를 살려 주는구나.

그냥 나서서 마냥 걸었더니
새벽에 나섰던 집이다.

아직은 없어도

손자 손녀 아직은 없어도
길 나서면
귀여운 손자 손녀 있다.

며느리 아직은 없어도
단골집 가면
착한 며느리 있다.

그냥과 마냥

그냥은
그 모양 그대로,
그대로 줄곧,
전과 같이란다.

마냥은
느긋한 마음으로 느릿느릿,
부족함 없이 실컷,
전과 다름 없이 사뭇이란다.

혼자서 그냥 주거니 받거니
한낮을 마냥 거닐고 싶구나!

우미가 뭐야

수원에서 오산 가는 버스 안에서
너댓 살 남짓한 어린 아이가
"엄마, 우미가 뭐야?" 한다.

죽미령 넘자 안내방송으로
"다음은 우미아파트입니다."라는 것을 듣고
엄마에게 묻는 것이다.

"엄마, 우미가 뭐야, 우미가"
숨 넘어가게 재촉을 하나
엄마는 대답이 없다.

"우리 아파트가 아니고, 우미아파트, 우미가 뭐야"
모르는 아파트 이름 하도 많아
또렷한 물음에 대답 못해줘 가슴 아프다.

구름 속

토요일마다 내리는 비 속에도
산으로 가야만 살겠다.

광교산 허리에 걸려 있는 구름 보며
한 걸음씩 걷다 보니 구름 속이다.

주님을 바라보면 소망이 생기듯
세차게 떨어지는 물을 보니 새 힘이 솟는구나

신비로움은 없고 나무도 물도 막내딸이 담아준
더운 커피향도 그대로이다.

작은 물방울 날리고
그저 멀리 보이지 않을 뿐이다.

땅거미 향연(薄暮 饗宴)

폭염(暴炎) 식어가는 땅거미 무렵
길고 넓은 밭에
너나없이 싱싱하게 맞아준다.

강아지풀, 명아주, 참비름, 억새, 바랭이, 코스모스, 해바라기,
달맞이꽃, 달개비, 우슬초(牛膝草),
저마다 밀렸던 이야기 들려준다.

숲 속에 숨어 흐르는 물소리는
주눅 든 기(氣)를 살려주고
초 엿새 달님은 길 밝혀준다.

별들이 하나둘 끼어드니
풀들의 마을에는 복스런 밤이,
나의 마음에는 즐거움 넘친다.

비조사(飛鳥寺, 아스카데라) 둘러보고

내량(奈良, 나라) 아스카문화(飛鳥文化)가 피어난 곳에 자리한 절,
일본(日本) 최고(最古)의 절이며, 최고의 대불(大佛)이 있단다.
"비상(飛上)하는 새, 여기 날라와서야 안심(安心)하고 쉴 수 있다."
(安宿, 明日香)라는 뜻의 우리말이 "아스카" 란다.

들어서며 보면 엄하던 불상(佛像)이
나오면서 보면 부드러워 보인단다.

절이 완공되자
백제(百濟) 위덕왕(威德王) 아좌태자(阿佐太子)를 보내 축하했고,
태자는 일본(日本) 성덕태자(聖德太子)와 두 아들을 그려주었는데
그 그림 소중히 전하여 온단다.

탑(塔)의 주춧돌 홀로 남아서 흐르는 세월을 더듬고
산과 들 낯설지 않으니
조상님들 손길 눈길 아직 남아 있어선가 보다.

고송총(高松塚, 다카마스즈카고훈) 둘러보고

늙은 소나무 한 그루 봉분(封墳) 위에 있어 고송총
죽순(竹筍)을 캐던 농부(農夫)가 발견(發見)한
고구려(高句麗) 벽화(壁畵)가 있는 고분(古墳)

석곽 내부의 벽화를 모사(模寫)한 벽화관(壁畵館)
채색벽화(彩色壁畵) 사신도(四神圖)에
청룡(靑龍), 백호(白虎), 현무(玄武) 완연(宛然)한데
주작(朱雀)은 도굴(盜掘)로 훼손(毁損) 되었단다.

동서(東西) 양벽에는 금박(金箔) 은박(銀箔)으로 해와 달이
그 좌우(左右)에는 남자들과 여자들의 그림이
천정(天井)에 이십팔 별자리 그린 성숙도(星宿圖)에
북두칠성(北斗七星), 견우(牽牛), 직녀(織女), 큰곰, 작은 곰
여름 밤이면 할머니 들려주신 짚신 할아버지와 할머니의 이야기
바다 건너 낯선 땅에서도 생생하게 들려온다.

석무대(石舞臺, 이시부타이고훈) 둘러보고

밤이면 여우가 여자로 도섭 부려
바위에 올라가 춤을 추어
석무대(石舞臺)라 부르는 커다란 돌무덤

횡혈식석실(橫穴式石室)
십여 미터를 걸어 들어가니 시원한데
주인(主人) 어디 가고 무덤만 앙상하구나

무덤 덮은 커다란 돌들 무슨 생각하고 있는가
죽으면 흙으로 돌아가는 것
그제나 이제나 모르는 우매한 사람들.

감견구(甘樫丘, 아마카시노카)에 올라

얕으막한 작은 언덕, 감견구(甘樫丘)에 오르니
조그만 집들과 논밭 사이에 비조사(飛鳥寺)와
많은 집들이 멀리까지 보인다.

여우 같은 민방산(敏傍山)을 놓고
두 남자 천향구산(天香久山)과 이성산(耳成山)이
결투(決鬪)를 벌였다는 이야기 전하여 온다.

산은 둘러있으나 강은 보이지 않는데
부여 어느 벌 바라보는 것 같다며
옛날 할아버지 할머니 여기 올라 향수를 풀었다지

멀리 두고 온 조국을
얼마다 애태우며 바라보았을까
실향민들 북녘 하늘 바라보듯이

법륭사(法隆寺, 호류지) 둘러보고

담징(曇徵)의 금당벽화(金堂壁畵)로만 알고 있던 법륭사
용명천황(用明天皇, 요메이 텐노)이 병 고치려 건립을 명하였으나,
완공 못보고 죽자, 성덕태자(聖德太子)가 건립

성덕태자가 기거하던 몽전(夢殿)에는
백제(百濟) 위덕왕(威德王)이 보내준 구세관음상(救世觀音像)이
천으로 싸여진 채 아주 오랜 잠에서 깨어났단다.

고구려 담징 스님이 금당 열두 벽면에 그린 금당벽화는
화마(火魔)에 훼손된 대로 딴 곳에 보존되고
모사(模寫)한 아미타정토도(阿彌陀淨土圖)만을 보았다.

솜씨 좋은 조상님
물려 안 받은 우리후손들
무슨 생각 하는 건가

동대사(東大寺, 도다이지) 둘러보고

고대유적의 도시 내량(奈良, 나라)의 대표적(代表的) 사찰(寺刹)
성무왕(聖武王)의 발원(發願)으로 양변(良辨) 화상(和尙) 창건(創建)

거대(巨大)한 금동비로자나불상(金銅毘盧遮那佛像)
고구려 사람 고려복신(高麗福信) 조궁경(造宮卿) 총지휘하고
백제(百濟) 사람 행기(行基) 스님 전국신도에게 조력을 권하고,
백제 경복(敬福) 태수(太守)는 황금 구백량(九百兩)을 시주하고,
국중마려(國中麻呂) 조불사(造佛師)는 몸소 주조하였다니
모두 우리조상님 힘 모아 만드셨네

왕실(王室)의 희귀(稀貴)한 보물창고 정창원(正倉院)은
수리 중이라 겉으로만 보았으나,
보나 마나 조상님의 솜씨
일본땅에 피어난 꽃이리라.

평성경(坪城京, 헤이조쿄) 걸으며

내량(奈良, 나라) 넓은 벌에
당나라 장안성(長安城)을 모방(模倣)한
사방(四方) 십여리(十餘里)의 넓은 도성(都城)터

남북(南北)으로 넓고 곧은 주작로(朱雀路) 풀밭을 걷는데
멀리 주작문(朱雀門) 부근(附近)으로 전철(電鐵) 지나가고
무심한 사람들 드문드문 걸어 다닌다.

율령국가(律令國家)로 커지자 많은 관청(官廳)이 생겨
궁성(宮城)과 관청(官廳)이 가득했던
팔십 여 년간의 도읍지(都邑地)

여기저기 남아있는 주춧돌,
먼 옛날을 더듬어 보며
나 또한 생각 없이 남의 땅을 걷는다.

금각사(金閣寺, 긴카쿠지) 둘러보고

실정막부시대(室町幕府時代, 무로마치 바쿠후 시대)
족리의만(足利義滿, 아시카가 요시미쓰) 장군(將軍, 쇼군)의 별장
그의 유언(遺言)으로 녹원사(鹿苑寺)가 되었단다.

넓은 연못에 비친 모습 아름답고
지붕 위 금빛 봉황은 날으려 하는데
귀의(歸依) 못한 주인 두고 갈 수 없나 보다.

금각사(金閣寺)라는 것은 삼층 누각(樓閣)에 금칠을 하여서이고
한 사미승(沙彌僧)이 불질러 소실(燒失)되었는데
이 사실을 소재(素材)로 〈금각사〉라는 장편소설이 피어났단다.

환무왕(桓武王, 간무)이 관산성전투(管山城戰鬪)에서 전사하신
백제 성왕(聖王)의 신주를 모신 사당
평야신사(平野神社, 히라노 진자)가 가까운 곳에 있다는데

용안사(龍安寺, 료안지) 둘러보고

경도(京都, 교토)에 있는 용안사에는
일본 고유(固有)의 정원(庭園)이 있으니
물을 쓰지 않고 모래 자갈로 산수(山水)를 표현(表現)한 정원이다.

넓은 안 마당에 모래가 깔려 있고
그 위에 크고 작은 열다섯개의 돌로 섬삼아 놓았는데
어느 곳에서나 모든 돌을 볼 수 없단다.

오유지족(吾唯知足)
가진 바에 만족(滿足)하고 분수(分數)를 지키라는
조용한 가르침이란다.

"내 은혜(恩惠)가 네게 족하도다" (고후 12:9)
주신 은혜(恩惠) 감사(感謝)하는 내 마음
더욱 감사(感謝)하도다.

청수사(淸水寺, 기요미즈데라) 둘러보고

경도(京都) 음우산(音羽山) 허리에 자리한 큰 절
거대한 나무기둥이 받치고 있는 본당(本堂) 넓은 마루
한눈에 시내가 다 내려다 보인다.

내량(奈良)에서 온 승려(僧侶) 엔친
언덕 위에서 경도(京都)를 보고
감격(感激)에 젖어 세웠다지

떨어지는 세 줄기 맑은 물
사랑, 학업(學業), 그리고, 장수(長壽)에 효과가 있다며
긴 자루 컵으로 물 받아 먹느라 법석이다.

숲길 따라 이리저리 볼거리 찾기도 하고
처음 보는 나무들 살펴보며
계절 따라 아름다울 것 짐작해 본다.

귀 무덤〈미미쓰카〉 앞에서

임진왜란(壬辰倭亂) 때 풍신수길(豊臣秀吉)이
부하들에게 수급(首級)으로 전공(戰功)을 가늠한다 하여
십여만 명의 우리의 할아버지 머리, 귀, 코를 잘라다가 묻은 무덤

천인공노(天人共怒)하고 잔인무도(殘忍無道)한
야만인(野蠻人)들의 짓거리
세상 천지에 또 있을까

그래도 삼대(三代)째 관리(管理)하여 오고 있는
갸륵한 청수사랑(淸水四郎, 시미즈) 할아버지에게
악수(握手)와 금일봉(金一封)으로 감사(感謝)하였다.

복수심(復讐心)을 버리고, 슬픔의 눈물을 닦고
저 풍국신사(豊國神社)가 떠나가도록 다짐하자
못된 이웃을 둔 크고 깊은 뜻을 깨닫자고.

풍국신사(豊國神社, 도요쿠니진자) 둘러보고

그 잔인무도(殘忍無道)한
풍신수길(豊臣秀吉)의 사당
볼 맘 아니 생겨 방광사(方廣寺) 종(鍾) 앞에 섰다.

"국가안강 군신풍락(國家安康 君臣豊樂)"
덕천가강(德川家康, 도쿠가와 이에야스)은
이 구절(句節)을 트집잡아 전쟁(戰爭)을 일으켰다지

난공불락(難攻不落)의 대판성(大阪城)이 무너지고
풍신수길(豊臣秀吉) 뒤를 이은 자식은 자결(自決)하고
가문(家門)은 멸문(滅門)을 당했단다.

코 앞에 보이는 저 귀무덤 바라보며
씁쓰름한 서글픔 머금고
발 걸음 내어딛었다.

은각사(銀閣寺, 긴카쿠지) 둘러보고

족리의명(足利義明, 아시카가 요시마사)의 별장(別莊)을
절로 고치며 동산자조사(東山慈照寺)라고 하였는데
외벽(外壁)에 은박(銀箔) 장식(裝飾)을 하여 은각사(銀閣寺)란다.

대나무 울타리 사이길 걸으며
차(茶) 다릴 물 뜨던 샘, 작은 폭포(瀑布) 보며
쉬엄쉬엄 걷는다.

전각(殿閣) 앞 뜰에 흰 모래 곱게 깔아
풀 한 포기 나지 못해 삭막(朔漠)해 보이는데
은빛 물 흐르는 여울, 은사탄(銀沙灘)이라네

무슨 깊은 뜻이 있는 걸까
스님들 번뇌를 적멸하는
연단의 장(場)일까

철학의 길 걸으며

경도(京都, 교토) 은각사(銀閣寺) 둘러보고 나와서
작은 도랑 끼고 한 오리길
'철학(哲學)의 길' 걷는다.

알기를 사랑하는 것이 철학(Philosophy)이라지
어디서 흘러 오는 물인지
어디로 흘러 가는 물인지

이름도 모를 작은 개울에 벚나무 푸른 잎을 던진다.
잎새는 흘러 내려가고
고기는 거슬러 올라간다.

인생과 세상 모든 근본원리를 생각하는 것이 철학이라기에
의자에 앉아 이일 저일 생각하는데
극성스런 까마귀 소리에 다 사라진다.

이조성(二條城, 니조조) 둘러보고

경도(京都, 교토) 이조(二條)에 자리하여
이조성(二條城)이란다.

덕천가강(德川家康)이 의례시설(儀禮施設)로 축성(築城)하여
기거(起居)까지 하였단다.

가만히 걸어도 비각소리 나게 만든 복도
자객의 침입을 막는 장치란다.

강호막부(江戶幕府, 에도 바쿠후)가
통치권(統治權)을 천황(天皇)에게 돌려준
대정봉환(大政奉還)의 무대(舞臺)였다지

화불십일홍(花不十日紅)이요, 권불십년(權不十年)이라
여긴들 다르랴

광륭사(廣隆寺, 코류지) 둘러보고

성덕태자(聖德太子)가 세운 일곱 절 중 하나
태자(太子)의 공적(功績)을 기리는 조각물(彫刻物) 많다.

목조미륵보살반가사유상(木彫彌勒菩薩半跏思惟像)
석가모니(釋迦牟尼) 태자시절에 인생무상(人生無常)을 느끼고
고뇌(苦惱)로 명상(瞑想)하는 자세(姿勢)로 시작하여
중생제도(衆生濟度)를 기다리는 미륵보살(彌勒菩薩) 모습이란다.

우리 국보 금동미륵보살반가상(金銅彌勒菩薩半跏像)과 비슷하고
로댕(A. Roin)의 청동조각상(靑銅彫刻像)
'생각하는 사람'(Le Penseur) 떠오른다.

우리 조상님의 놀라운 솜씨
가깝고도 먼 남의 나라에서 숨쉬고 있도다.

대판성(大阪城, 오사카성) 둘러보고

풍신수길(豊臣秀吉)이 쌓은 성
어마어마한 성돌과 내외(內外) 해자(垓子)
높고도 날선 성벽

천수각(天守閣)에는
천하통일 이룬 풍신수길(豊臣秀吉)의 생애와 일대기
그리고 성축장면(城築場面)과 전투장면(戰鬪場面)들

성 밑에 '잔념(殘念)의 돌' 이라는 팻말이 있는 큰 돌
애를 써 끌어왔으나 성을 다 쌓아서
그냥 버려져 유감스러운 돌이란다.

아니다, 쓰임 받기를 기다리는 사명감 있는 돌이다.
"밤나무와 상수리나무가 베임을 당하여도 그 그루터기는
남아있는 것같이 거룩한 씨가 이 땅의 그루터기니라."
(이사야 6장 13절)

사천왕사(四天王寺, 시텐노지) 둘러보고

백제(百濟, 구다라) 사람이 일본에 세운 최초의 절
목조, 오층탑 우뚝 서있고 회랑(回廊)이 둘러있는데
금당(金堂) 본존불(本尊佛)은
성덕태자(聖德太子)가 환생(還生)했다는
관세음보살(觀世音菩薩) 반가좌상(半跏坐像)이란다.

"四天王寺(사천왕사) 왓쇼이"
왕인(王仁) 박사(博士) 등 도래인(渡來人)이
논어(論語), 천자문(千字文), 도자기기술 등을 전해줌 기리며
대판(大阪) 번화가(繁華街)에서 이 절까지 사십여만 명이
고대(古代) 의상(衣裳)을 입고 벌리는 가장행렬(假裝行列)

고마움을 나타내고야 마는 것이
사람다운 사람이긴 한데

인덕천황고분(仁德天皇古墳, 닌토쿠텐노 고훈) 둘러보고

세상에서 제일 긴 전방후원분(前方後圓墳)
바른 이름은 백설조이원중릉(百舌鳥耳原中陵)이란다.

공사를 하는데 사슴 한 마리 달려와 쓰러지고
귀에서 백설조(百舌鳥, 때까치, 모즈)가 날라가고 속이 텅비어
이곳을 백설조이원(百舌鳥耳原)이란다.

잠겨 있는 정문 앞에서 봉분이 있다는 곳
바라만 보며 설명을 들었다.

부왕(父王) 응신천황(應神天皇, 오우진텐노)은
우리 할아버지 왕인박사(王仁博士)을 초빙(招聘)
태자(太子)의 사부(師傅)와 서문수(西文首, 궁중교육장)를 삼고

박사님은 인덕천황의 등극을 권유(勸誘)하는 시(詩)를 지었다니
우리 박사님 정성들여 길러낸, 이 나라 왕의 능이로다.

일본문화 답사(踏査)를 하고

오랜만에 해외 문화 답사를 나섰다.
미워만 하여 온 일본문화를.

비조사(飛鳥寺) 고송총(高松塚) 석무대(石舞臺) 감견구(甘樫丘)
내량(奈良, 나라)의 저녁이 되었다.

법륭사(法隆寺) 동대사(東大寺) 정창원(正倉院) 평성경(坪城京)
경도(京都, 도쿄)의 저녁을 맞았다.

금각사(金閣寺) 용안사(龍安寺) 청수사(淸水寺) 귀무덤
풍국신사(豊國神社) 박물관 은각사(銀閣寺)
다시 경도(京都)의 밤은 이어졌다.

이조성(二條城) 광륭사(廣隆寺) 대판성(大阪城)
대판(大阪, 오사카)의 저녁이 되었다.

인덕왕릉(仁德王陵) 사천왕사(四天王寺)
관서공항(關西空港)을 떠나 인천으로 돌아왔다.

우리는 조상님 지혜를 무시(無視)했고
그들은 우리 조상님 지혜를 중시(重視)하였구나

작아서 정거운 집들, 조용하고 깨끗한 나라로구나
화(和)할 수 없고, 멀리도 가까이도 말아야 할 나라

그래도 이웃으로 있음에는
나름대로 깊은 뜻이 있으리라.

흐르는 세월

더우면 덥나 보다
추우면 춥나 보다

밤이면 잠자고
낮이면 일하며

이렇게 살아가는데
가끔 걸리면

산마루 위 지나는 구름,
흐르는 물을 벗삼아 본다.

산을 오르내리며

나뭇잎 건드리지 않고
조용히 지나가리라
줄기나 뿌리마저도.

고운 실 풀려 나오듯
이야기 아니 하리라
노함이나 웃음마저도.

산을 오르내리며
그렇게 할 수 없네
몸이나 마음마저도.

여우가 도섭을 하여

할머니는 어린 나에게
여우가 도섭을 하여 여자가 되는 이야길
자주 하여 주셨다.

어린 나는
여우가 도섭한 여자를
한 번쯤 만나도 이길 것 같았다.

살아 오다 보니
수 없이 만났으나
다 이겨내진 못했다.

엉킨 것을 풀어

어머님은
어린 내 양 손목에 실타래 걸고
솔솔 풀리는 실을
재미있게 감으셨다.

어쩌다가 실이 엉키면
어머님은
조용히 숨죽이시고
이리저리 엉킨 것을 풀어 감으셨다.

그때나 지금이나
나는
엉킨 것을 잘라내고
새 가닥을 감을 텐데.

송홍만 제12시집

마냥 걷고 싶어

·

지은이 / 송홍만
발행인 / 김재엽
발행처 / **한누리미디어**
디자인 / 지선숙

·

121-840, 서울시 마포구 서교동 395-13 서원빌딩 2층
전화 / (02)379-4514, 379-4519
Fax / (02)379-4516
E-mail/hannury2003@hanmail.net

·

신고번호 / 제300-2006-61호
등록일 / 1993. 11. 4

·

초판발행일 / 2008년 9월 27일

·

ⓒ 2008 송홍만 Printed in KOREA

·

값 7,000원

·

※잘못된 책은 바꿔드립니다.

ISBN 978-89-7969-327-0 03810